唱！宋词

梁俊·编唱

【上册】

北京联合出版公司
Beijing United Publishing Co.,Ltd.

小象汉字

梁俊唱古诗

跟梁俊一起唱宋词

致辞

清晨唱，日落唱。

上学时唱，在家时也唱。

悲伤时唱，欢乐时也唱。

一群人唱，一个人也唱。

唱到孩子们长大，

唱到他们被爱包围。

梁俊

扫码观看乌蒙山的孩子唱宋词

致小朋友的一封信

小朋友：

你好！我是梁俊，一名用音乐教语文的老师。我曾经和我的学生们一起在《经典咏流传》节目中唱过一首古诗《苔》：

白日不到处，青春恰自来。
苔花如米小，也学牡丹开。

这首诗歌打动了许多人的心。

小朋友，你知道吗？你手中的《唱！宋词》就像《苔》一样，不仅收录了美丽的诗词，还蕴藏着动人旋律。书中的每一首词都是一首动听的歌。有些歌节奏轻快诙谐，能带给你快乐和放松的心情；有些歌是柔美的钢琴曲，词人婉约的情感在音符间流淌，让你感受自然的宁静和美好；还有些歌有着激情洋溢的鼓点，那种豪迈的感觉会让你心潮澎湃，充满力量。打开《唱！宋词》，你仿佛置身于一场音乐会，轻轻吟唱，那美妙的旋律会将宋词的美永远印在你心里。

《唱！宋词》除了带给你美妙的旋律，还能陪你玩有趣的游戏——宋词小侦探！游戏中，你将化身小小侦探，破解宋词的秘密！在游戏开始之前，我先来介绍《唱！宋词》中隐藏的三种词作风格：婉约、豪放、俳谐。

◎ 婉约词：会用优美的语言描绘景物，唤起你脑海中的画面，再用细腻的情感描写，让你感受到离别、怀旧、思念、乡愁等情绪，多数时候有些忧伤。

◎ 豪放词：会用豪迈奔放的语言展现壮丽的山河和英雄的气概，让你感受到力量和激情。

◎ 俳谐词：像活泼的小精灵，有的会用风趣的语言讲个小故事，让你会心一笑；有的词句正着读、倒着读都通畅无阻，趣味无穷。

现在，请你打开《唱！宋词》，随意挑选一首，听听、读读、唱唱，然后猜猜它属于哪个风格。这个游戏不仅可以和小伙伴一起玩，还可以和爸爸妈妈一起玩！当你“调查”过这三十六首宋词后，你将成为宋词小专家，进而对宋词的情感表达方式和写作风格有更深入的了解。

小朋友，写到这里，你大概已经知道《唱！宋词》是一本怎样的书了吧？它就像是你的一位朋友，会陪你歌唱、陪你游戏，还会带你在美丽的汉语世界里畅游。

最后，愿你和《唱！宋词》日日相伴！平安喜乐！

你的朋友：梁俊

词是什么

“词”就是歌词，最早叫“曲子词”。词的诞生，是为了演唱。

隋唐之后，西域音乐与中国旧有音乐融合而成为一种新的音乐，流行于市井里巷间，是当时的流行歌曲。歌词通俗易懂，受到民众的喜爱。后来文人发现这些歌曲很美，但歌词不够文雅，便开始自己作词。

只可惜，“曲子词”的曲子在宋代以后逐渐失传，歌词却成为一种新的文学样式，流传到现在。

宋词的歌谱

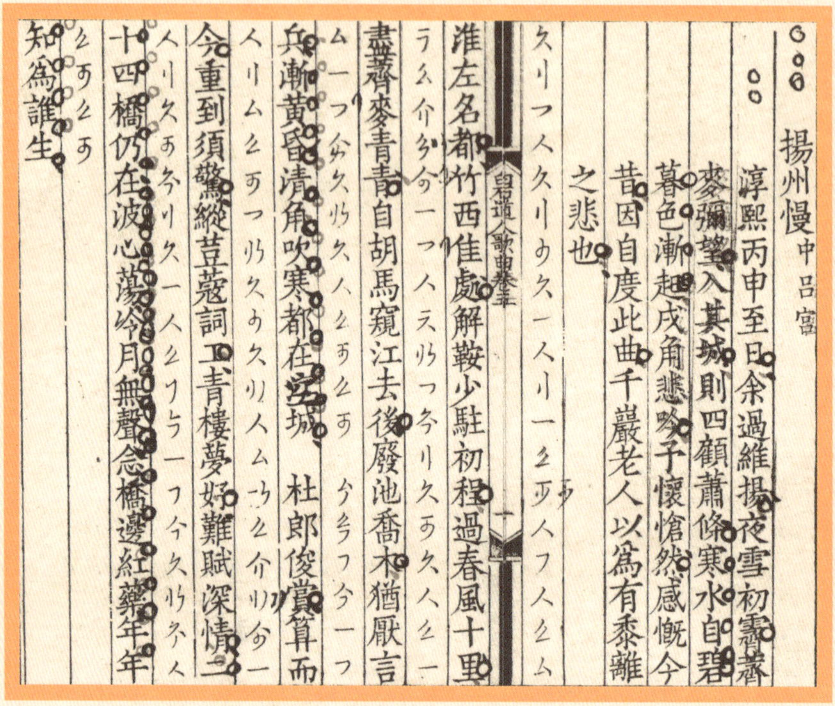

揚州慢 中呂宮
淳熙丙申至日余過維揚夜雪初霽薺麥彌望入其城則四顧蕭條寒水自碧暮色漸起戍角悲吟予懷愴然感慨今昔因自度此曲千巖老人以爲有黍離之悲也
白石道人歌曲卷四
淮左名都竹西佳處解鞍少駐初程過春風十里盡薺麥青青自胡馬窺江去後廢池喬木猶厭言兵漸黃昏清角吹寒都在空城 杜郎俊賞算而今重到須驚縱荳蔻詞工青樓夢好難賦深情二十四橋仍在波心蕩冷月無聲念橋邊紅藥年年知爲誰生

此谱为南宋词人、音乐家姜夔（kuí）作曲的《扬州慢》，选自他的作品集《白石道人歌曲》，白石道人是他的号。姜夔多才多艺，是对诗词、散文、书法、音乐无不精通的艺术全才。

在姜夔所作的《扬州慢》的歌谱上，我们会看到文字之间有几排奇怪的符号，这是中国古代的一种曲谱，叫工尺（chě）谱，是汉族传统记谱法之一，属于文字谱的一种。

据考证，唐朝便已运用这样的曲谱来演唱，在古代是流传很广的记谱方式，后来传播到日本、越南、朝鲜半岛等汉字文化区域。

工尺谱在民间流传得更为广泛，据说现在许多地方音乐仍旧用工尺谱来记谱演唱。不同地域的不同音乐，使用工尺谱也会有所差异，

传统的工尺谱写法是从右到左，自上而下。

认识一首词

行香子

作者朝代、作者名

［北宋］秦观

词牌

词牌是填词时所倚（yǐ）曲调的名称。曲调决定了一首词的格式、字数、用韵的情况。有时候，词人会给词牌后面加一个词题。没有词题的词，现在我们会用首句来以示区别。

树绕村庄，水满陂塘。倚东风，豪兴徜徉。

小园几许，收尽春光。有桃花红，李花白，菜花黄。

远远围墙，隐隐茅堂。飏青旗，流水桥旁。

偶然乘兴，步过东冈。正莺儿啼，燕儿舞，蝶儿忙。

词大多分两段，叫作上、下片或上、下阕（què）。只分一段的叫单调；分两段的叫双调；有的分三段或四段，称三叠或四叠。分段是由曲谱决定的。

- 陂（bēi）塘：池塘。
- 徜（cháng）徉（yáng）：自在地来回走动。
- 飏（yáng）青旗：飏，飞扬，飘扬。青旗，酒店的市招。

绿树环绕着村庄，春水溢满了池塘，

迎着东风，我自在而行。

小园虽小，却收尽春光。

桃花正红，李花雪白，菜花金黄。

远处有围墙，隐约得见几间茅草屋。

酒店的招牌在风中飞扬，

小桥矗（chù）立在小溪旁。

偶然乘着兴致，走过东面的山冈。

莺儿鸣啼，燕儿飞舞，蝶儿匆忙，到处是一派大好春光。

李煜

南唐末代国主、词人

李煜是五代十国时期南唐的最后一任国主，后世人都称他为南唐后主、李后主。

李煜的前半生，住在深宫里，过着锦衣玉食的生活，荣享着帝王家的繁华。后来南唐被宋吞并，他被囚禁在汴京，最后客死他乡，两重人生可以说是天壤之别。也许他不是一个好国主，但他所创作的词中的美感与情感可以跨越时间，让历代的读者从中读出美，产生共鸣，所以说他是位了不起的文学家。

相见欢

［南唐］李煜

无言独上西楼，月如钩。
寂寞梧桐深院锁清秋。

剪不断，理还乱，是离愁。
别是一般滋味在心头。

⊙ 清秋：深深的秋色。
⊙ 离愁：失去家国的哀愁。

默默无言，独自一人登上西楼，

此时月亮像弯钩一样挂在天上，

梧桐树寂寞的身影和清冷的秋色都被锁在这深深的庭院之中。

过去的记忆和亡国的痛楚就像一团乱麻，缠绕在心间，
想剪却剪不断，想理却理不出头绪，
只有一种无法形容的滋味梗在心头。

虞美人

[南唐] 李煜

春花秋月何时了？往事知多少。

小楼昨夜又东风，故国不堪回首月明中。

雕栏玉砌应犹在，只是朱颜改。

问君能有几多愁？恰似一江春水向东流。

◎ 了：了结、终止。

◎ 故国：指南唐故都金陵（今江苏南京）。

◎ 雕栏玉砌：精雕的栏杆、玉石砌成的台阶。指南唐皇宫。

年年花开，岁岁月圆，这时光何时才能了结？

可知这岁月中有多少往事？

身居的小楼上，昨晚又吹来了东风，

在月明之夜，回忆起已经灭亡的故国，心中伤痛。

曾经华丽的宫殿应该仍旧在那里，

只是人已经衰老。

问我心里的哀愁有多少？

就像这春天奔涌东流的江水一样，滔滔不绝。

冯延巳

南唐词人

冯延巳（sì）是南唐中主李璟在位时期的宰相。那时北方的宋开始大举南下，当时地处江浙一带的南唐朝廷逐渐无法抗衡，国家内忧外患之时，作为宰相的命运也异常起伏。

冯延巳在文学上很有才华，文章、诗词都写得好，他的词作被认为开创了宋词的风气，其沉郁、含蓄等风格，影响了后来词人的创作。

鹊踏枝

〔南唐〕冯延巳

谁道闲情抛弃久？每到春来，惆怅还依旧。

日日花前常病酒，不辞镜里朱颜瘦。

河畔青芜堤上柳，为问新愁，何事年年有？

独立小桥风满袖，平林新月人归后。

◎ 闲情：无事时便会涌上心头的复杂情绪。

◎ 青芜（wú）：形容草色青碧。

谁说愁闷的心情已被抛弃掉很久了？

每到春天，心中依旧满是惆怅。

日日赏花饮酒，放任大醉，不惜身体消瘦，

就算看到镜子里自己的憔悴也不怕。

河边草色青碧，河岸上柳树也绽出新芽，

春日景致中，我不禁思索，为何年年都会新添忧愁？

在人们都已归家的黄昏，我独立在小桥头，清风鼓满了衣袖，

远处平平的树林上，一弯新月静静亮了起来。

谒金门

[南唐]冯延巳

风乍起，吹皱一池春水。
闲引鸳鸯香径里，手挼红杏蕊。

斗鸭阑干独倚，碧玉搔头斜坠。
终日望君君不至，举头闻鹊喜。

◎ 谒（yè）金门：原为唐教坊曲名，后用作词牌名。
◎ 乍（zhà）：突然。
◎ 挼（ruó）：揉搓。
◎ 碧玉搔头：玉簪（zān）。

突然起风了，

水面被吹出层层波纹。

在花园的小路上闲逗着鸳鸯，

手里揉搓着杏花的嫩蕊。

独自倚靠着池边栏杆，

头上的碧玉簪子斜斜地垂下，

看鸭子相斗。

每天盼着你，你却迟迟不来，

一抬头听见了喜鹊的叫声，

不知这是不是喜事将临的预兆。

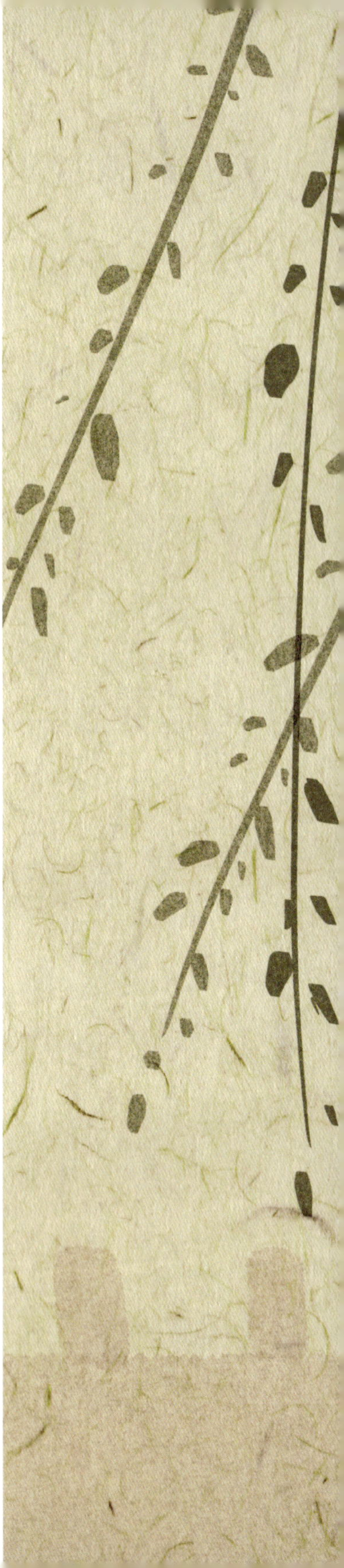

晏殊

北宋词人

晏殊小时候是出了名的神童，7 岁就能写文章，14 岁被推荐给了朝廷，直接跨级参加了殿试（科举考试里最高的一级），受到了宋真宗的赏识，直接赐给他同进士出身，之后便一路平步青云。晏殊也是个很有才能的人，在宋仁宗在位时任宰相，引荐了一批贤能的人，范仲淹、欧阳修等都曾受到了他的举荐。

晏殊的词深受冯延巳的影响，开创了北宋婉约词风。

破阵子

春景

［北宋］晏殊

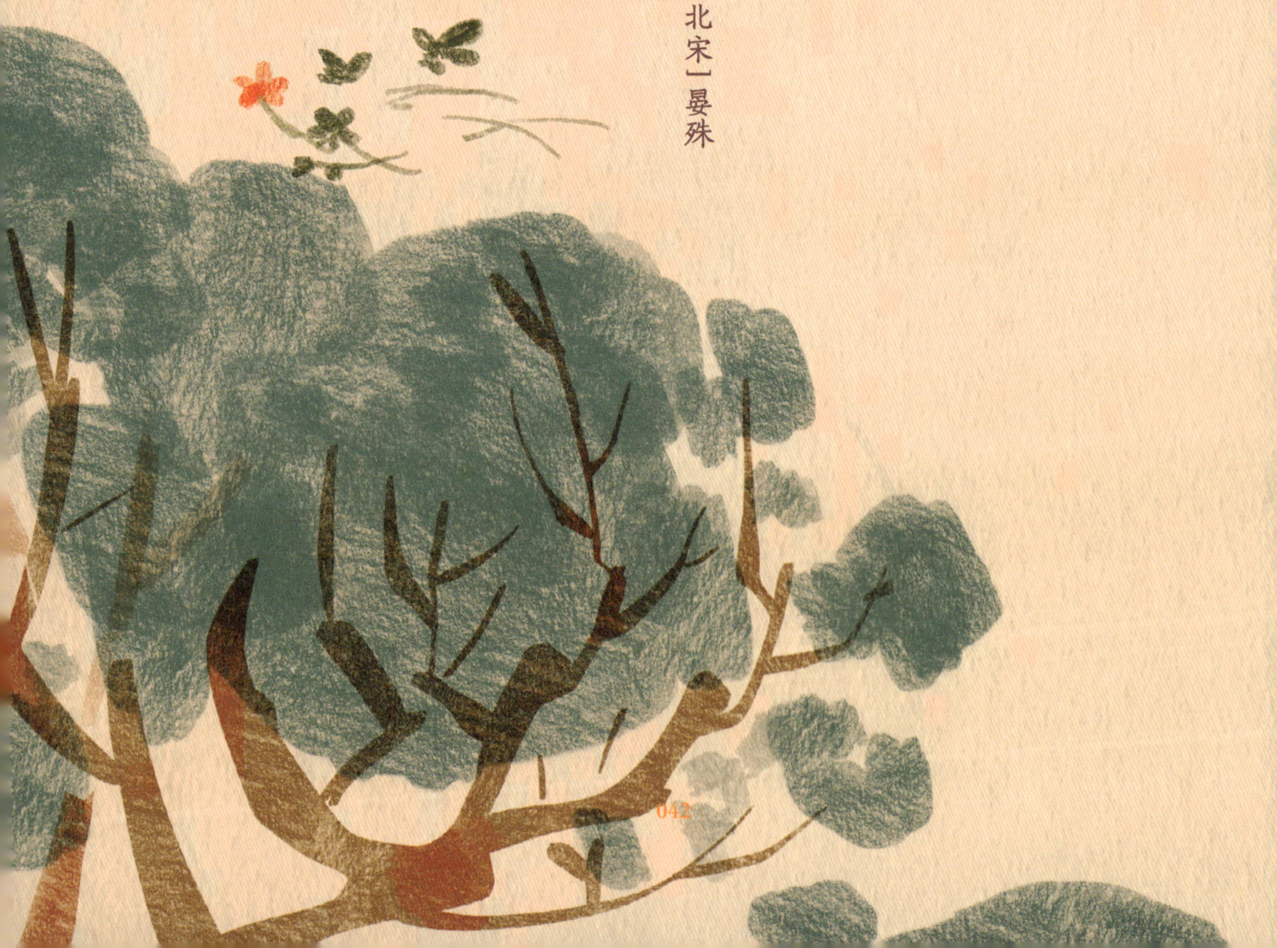

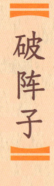

燕子来时新社，梨花落后清明。

池上碧苔三四点，叶底黄鹂一两声，日长飞絮轻。

巧笑东邻女伴，采桑径里逢迎。

疑怪昨宵春梦好，元是今朝斗草赢，笑从双脸生。

◎ 新社：指春社，春社在立春后、清明前。

◎ 逢迎：相遇，遇见。

◎ 疑怪：难怪，怪不得。

燕子飞回时恰逢春天祭祀的日子，

梨花落尽后，清明节也不远了。

池塘边，点缀着三三两两的绿苔，

叶底下，不时传来黄鹂的啼叫，

白日变得悠长，轻轻的柳絮在空中纷飞。

笑靥（yè）如花的东邻少女，

在采桑的路上遇见了朋友。

少女聊天说起，怪不得昨晚做了个美梦，

原来是今天跟人斗草赢了彩头。

说着，两边脸颊上又漾起了盈盈笑意。

浣溪沙

〔北宋〕晏殊

一曲新词酒一杯，去年天气旧亭台。

夕阳西下几时回？

无可奈何花落去，似曾相识燕归来。

小园香径独徘徊。

◎ 浣（huàn）溪沙：词牌名。浣，洗涤、漂洗。沙，通“纱”。有的词调也写作“浣沙溪”。相传此曲调是咏春秋越国美女西施浣纱的溪水。

◎ 无可奈何：没有办法，不得已。

◎ 徘徊：来回走动，有留恋不舍的意味。

听一曲新词，喝一杯美酒，

想起去年也是这样的天气，

亭台楼阁也如旧时一样，

西落的太阳何时才能再回来？

无可奈何地，花落去了，
但似乎去年曾相识的燕子
又飞了回来。
我独自在院中飘满花香的
小路上边走边陷入沉思。

晏几道

北宋词人

晏几道是晏殊的小儿子，出生于达官显贵之家。与其父亲一样，也是个神童，他14岁参加科举考试便金榜题名。17岁时，父亲去世，家道中落。他没有父亲那样的政治作为，后来远离官场，专门写作诗词。

晏几道词的创作水平与父亲晏殊齐名，后来大家都称他们为北宋“二晏”。

临江仙

[北宋] 晏几道

梦后楼台高锁，酒醒帘幕低垂。去年春恨却来时。
落花人独立，微雨燕双飞。

记得小蘋初见，两重心字罗衣。琵琶弦上说相思。
当时明月在，曾照彩云归。

◎ 却来时：恰巧这时来到。
◎ 小蘋（pín）：歌女的名字。

梦醒后，我看见楼台的门紧紧锁着，酒意消退，只有帘幕低低地垂着。

忆起去年，春天离去时
的愁绪。
人在纷纷扬扬的落花中
独自站立，一双燕子在
微风细雨中飞舞。

记得与小蘋初次相见，她穿着绣有两重心字的衣衫，

轻弹琵琶，倾诉着思念。

当时的月亮如今还在，那月光，曾照着彩云一样的你归去。

范仲淹

北宋词人

范仲淹是北宋少有的文武双全的官员。做文官时，有很多了不起的政绩；做武将时，能够驻守边疆，并发掘好的将领人才。

去世后，当时的皇帝宋仁宗亲自为他题写了碑额——“褒贤之碑”，并赐给他谥（shì）号“文正”。所以后来我们也称他为“范文正公”。

渔家傲

［北宋］范仲淹

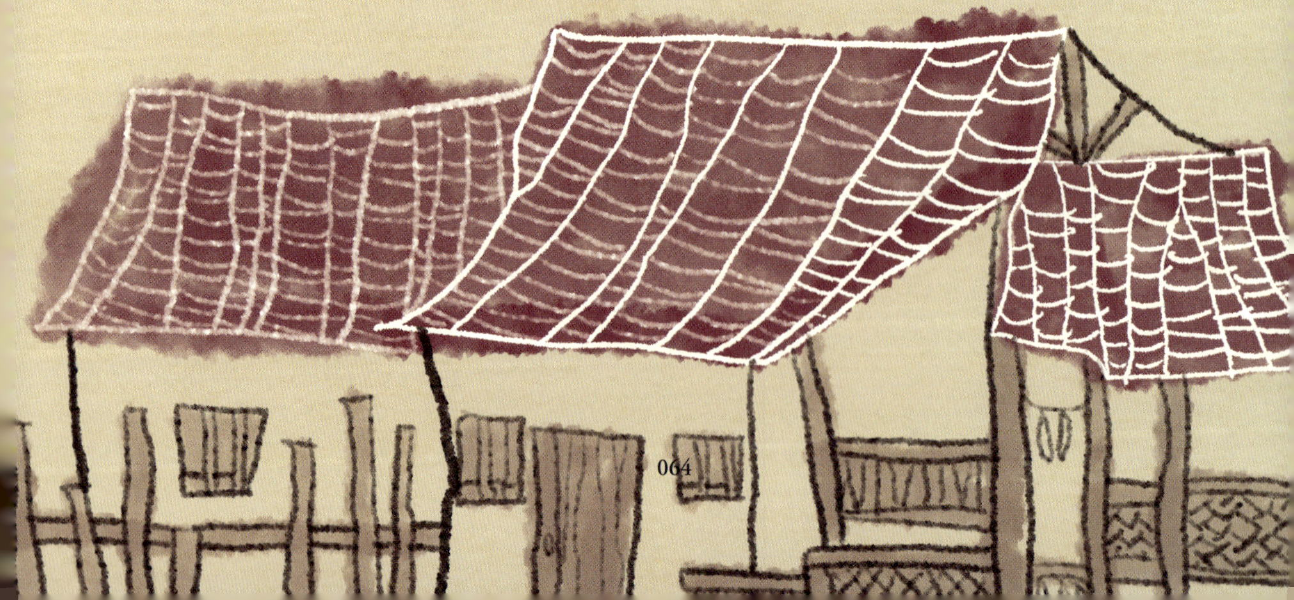

塞下秋来风景异，衡阳雁去无留意。

四面边声连角起。千嶂里，长烟落日孤城闭。

浊酒一杯家万里，燕然未勒归无计。

羌管悠悠霜满地。人不寐，将军白发征夫泪。

⊙ 写这首词时，范仲淹正在西北边陲，领兵抗击西夏。

⊙ 衡阳雁去：衡阳是湖南的一个城市名。传说大雁冬季飞到这里就不再南飞了。

⊙ 边声：边地特有的声音，如风声、马的嘶鸣声等。

⊙ 羌（qiāng）管：羌笛。古代羌族的一种特殊的乐器。

⊙ 人不寐（mèi）：寐，睡着。指人不能入睡。

边塞的秋天风景不同于其他地区，

飞往衡阳的雁群没有一丝留恋；

边境上，各样肃杀之声连同号角声从四面传来，

在层层叠叠的山峦包围中，

在暮霭（ǎi）沉沉的落日下，一座孤零零的城池大门紧闭。

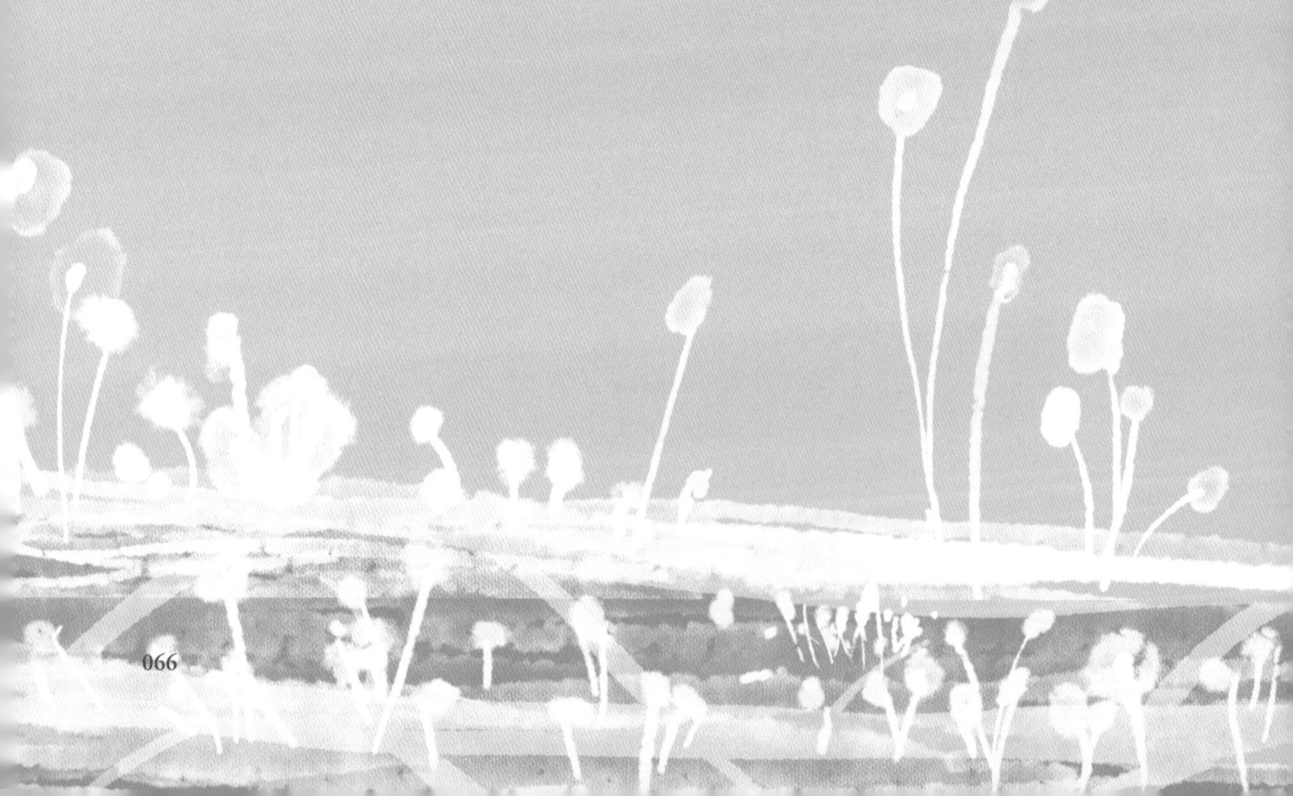

想念家乡时，只能喝一杯浊酒，

敌人未被击退，不知何时才能归去。

夜晚响起羌笛凄凉的声音，寒霜覆满大地，

人们都无法入睡，想着战争结束遥遥无期，

将军已慢慢老去，生出了白发，士兵只能默默地流下眼泪。

欧阳修

北宋词人

欧阳修是北宋提倡古文变革的著名散文家，是“唐宋八大家”之一，他最有名的篇目是晚年写作的《醉翁亭记》。苏轼称他为“事业三朝之望，文章百世之师”，他的诗文影响了宋朝一代的文坛风气。他还是史学家、经学家，也是金石学（古代青铜器和石刻碑文）研究的开创者。

欧阳修的词作继承了晏殊以来的风格，但融入了许多独特的人生体验和心态。

生查子

元夕

［北宋］欧阳修

去年元夜时，花市灯如昼。
月上柳梢头，人约黄昏后。

今年元夜时，月与灯依旧。
不见去年人，泪湿春衫袖。

⊙ 元夜：元宵节之夜。

去年元宵佳节之时，

花市灯火通明亮如白昼。

月亮升上柳树的枝梢，

我们相约在黄昏日落之后互诉衷肠。

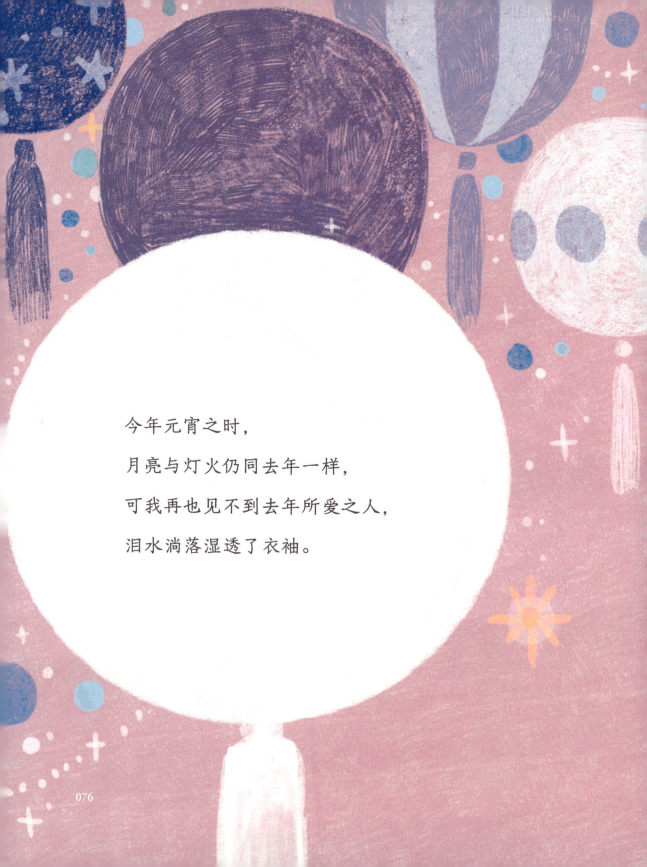

今年元宵之时，

月亮与灯火仍同去年一样，

可我再也见不到去年所爱之人，

泪水淌落湿透了衣袖。

柳永

北宋词人

柳永原本叫柳三变，出身于官宦世家。他非常有才华，年少写词很出名，但科举考试总是落榜。

他精通音律，常创作新的曲调。他写的词在当时广为流传，有传闻说“凡有井水饮处，皆能歌柳词”。

红窗迥

[北宋] 柳永

小园东，花共柳。红紫又一齐开了。

引将蜂蝶燕和莺，成阵价、忙忙走。

花心偏向蜂儿有。莺共燕、吃他拖逗。

蜂儿却入、花里藏身，胡蝶儿、你且退后。

- 成阵价：成群地。
- 忙忙走：飞来飞去的样子。
- 吃：被。
- 拖逗：逗引。

小园的东边，花红柳绿，春色盎然百花齐放，

蜜蜂蝴蝶，燕子黄莺都被吸引而来，

一群一群地在花丛中飞来飞去。

花朵却只对蜜蜂敞开心扉，

黄莺和燕子都被它引逗。

蜜蜂却能够藏入花朵里采蜜，

蝴蝶儿，你还是快快退后吧。

苏轼

北宋词人

苏轼是北宋文坛领袖式人物。以文章写得好著称，诗词创作也有极高的水平。在苏轼之前，词的题材内容多是表达男女恋情，或伤春悲秋的愁绪，苏轼将更为宏大壮阔的题材融入了词的写作中，尤其开创了用词来表现豪迈奔放的意境，表达自我意志和志业追求，世人称他为“豪放派”词风的开创者。他将词的内容拓展得更加丰富，风格也更加多样。

江城子

密州出猎

［北宋］苏轼

老夫聊发少年狂。左牵黄，右擎苍。
锦帽貂裘，千骑卷平冈。
为报倾城随太守，亲射虎，看孙郎。

酒酣胸胆尚开张。鬓微霜，又何妨！
持节云中，何日遣冯唐？
会挽雕弓如满月，西北望，射天狼。

写这首词时，苏轼因为与皇帝政见不合，在密州出任知州。

孙郎：三国时期的孙权。

鬓（bìn）微霜：鬓角的头发白了。

冯唐：汉朝时的一位使臣，当时的皇帝派他去赦免抗击匈奴有功的云中太守魏尚。

射天狼：天狼是指天狼星，用天狼指代西夏与辽。

老夫我姑且再像少年人一样豪情万丈一次，
一手牵着猎狗，一手举着猎鹰，
穿戴打猎时的锦帽与貂皮大衣，
带领众多的骑兵从平展的山冈上席卷而过。
快去告诉全城的人都来跟随太守我，
好看看我怎样亲手射杀猛虎，
就像当年的孙权一样。

酒喝到兴头上，心胸和胆识也更加开阔，
即使两鬓的头发已经微白，不再年轻，
那又有什么关系？
何时皇帝会派遣一个像冯唐那样的使者来，
让我能像魏尚一样，在边塞立下功劳？
我定会将弓弦拉满，如同天上的圆月，
向着西北方，射下天狼星。

定风波

［北宋］苏轼

三月七日，沙湖道中遇雨。
雨具先去，同行皆狼狈，余独不觉。
已而遂晴，故作此。

莫听穿林打叶声，何妨吟啸且徐行。

竹杖芒鞋轻胜马，谁怕？

一蓑烟雨任平生。

料峭春风吹酒醒，微冷。

山头斜照却相迎。

回首向来萧瑟处，归去，也无风雨也无晴。

◎ 写这首词时，苏轼被皇帝贬到了黄州（今湖北黄冈）。
◎ 芒鞋：草鞋。
◎ 蓑（suō）：蓑衣。
◎ 料峭（qiào）：微寒的样子。

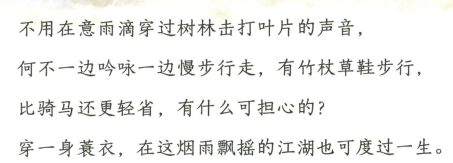

不用在意雨滴穿过树林击打叶片的声音，

何不一边吟咏一边慢步行走，有竹杖草鞋步行，

比骑马还更轻省，有什么可担心的？

穿一身蓑衣，在这烟雨飘摇的江湖也可度过一生。

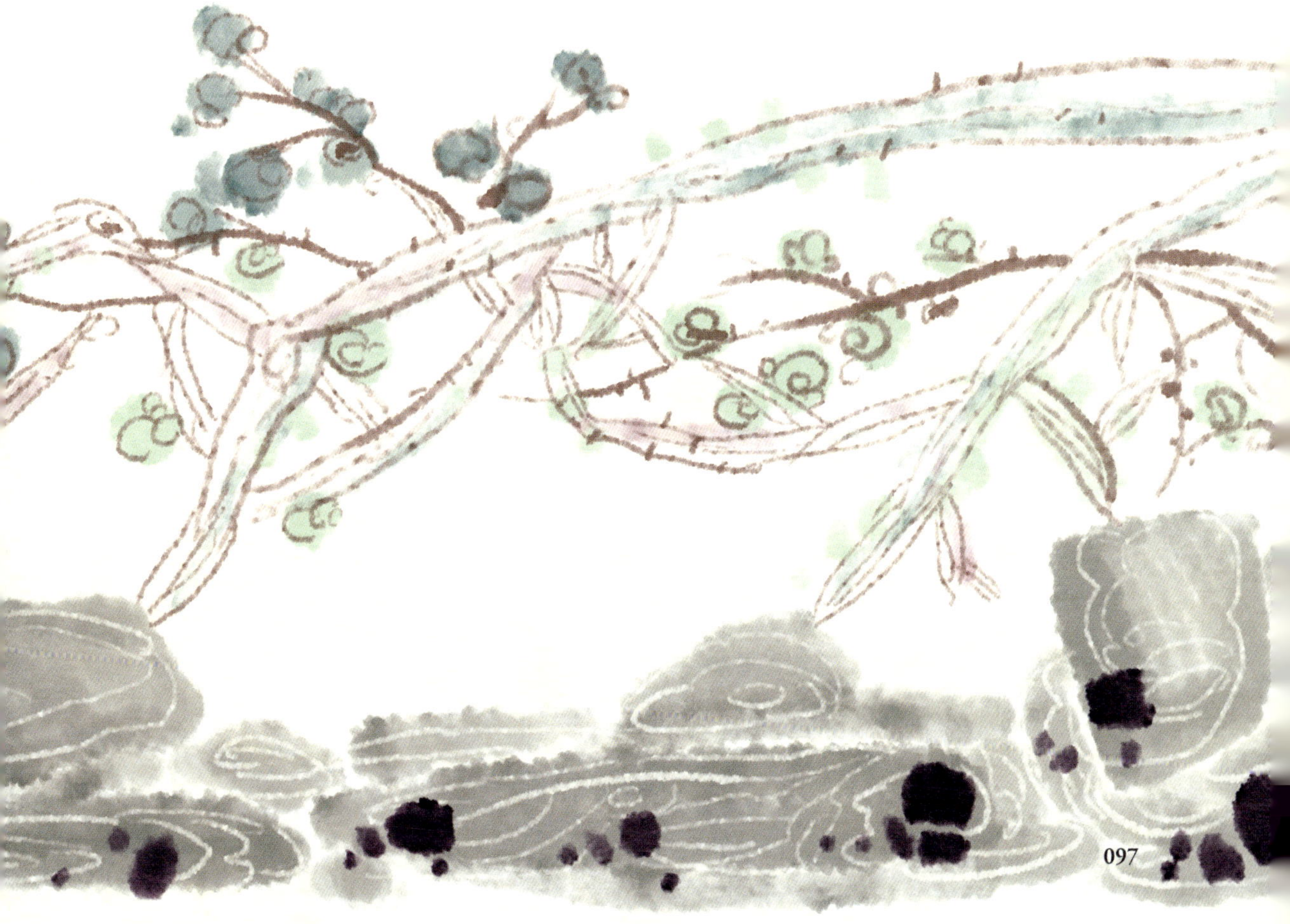

微凉的春风吹醒了我的醉意，身上有些发冷，

夕阳却从山头斜斜照来，温暖相迎。

回头看看刚才经历风雨的地方，

走吧，无论风雨还是天晴对我来说都已不重要了。

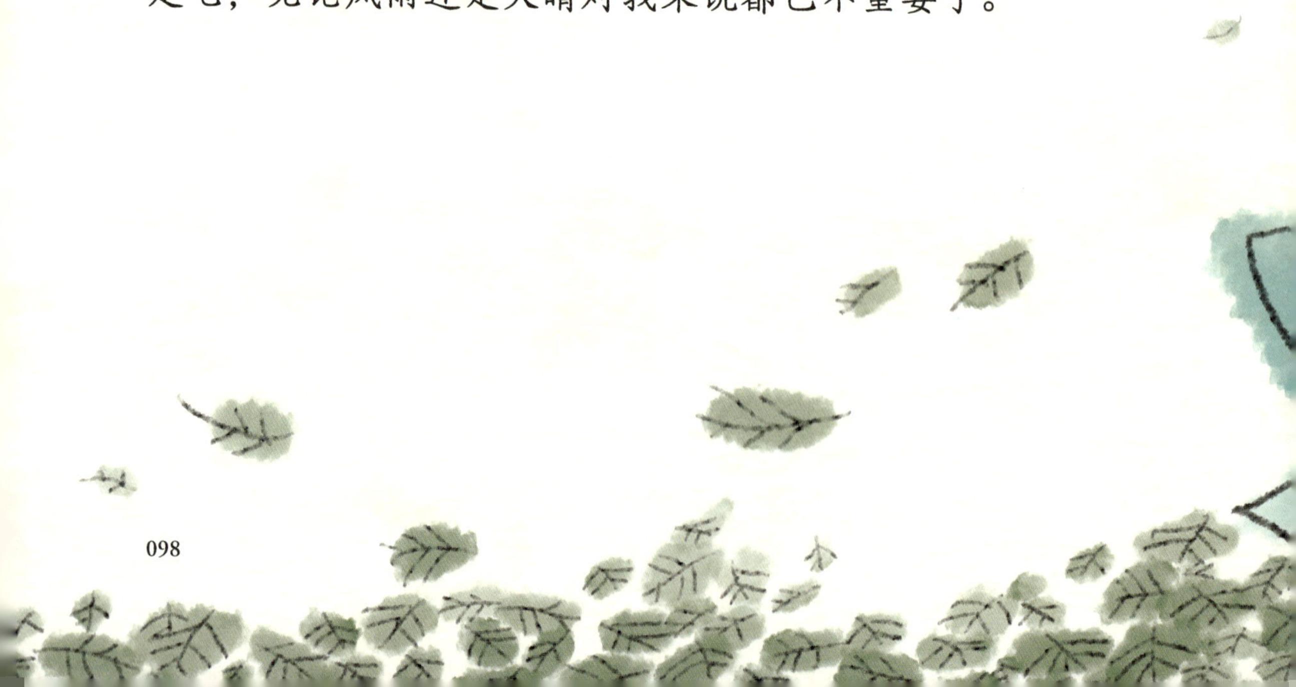

蝶恋花

春景

【北宋】苏轼

花褪残红青杏小。燕子飞时，绿水人家绕。
枝上柳绵吹又少。天涯何处无芳草！

墙里秋千墙外道。墙外行人，墙里佳人笑。
笑渐不闻声渐悄，多情却被无情恼。

◎ 花褪（tuì）残红：花瓣凋谢掉落。
◎ 渐悄（qiǎo）：渐渐没有了声音。

残花落尽，青杏初长，燕子翩飞，

清澈的流水环绕着村落里的人家。

枝头上的柳絮被风吹落，变得越来越少，春天就要过去了。

但世界广大，哪里会没有丰茂的草木呢？

院内的秋千和院外的道路仅一墙之隔，

经过的行人，听见墙里荡秋千的少女发出动听的笑声，

便心里喜欢，可那笑声越来越轻，直至消失，

行人多情的心仿佛被少女的无情所伤，烦恼不已。

【江城子】乙卯正月二十日夜记梦

[北宋]苏轼

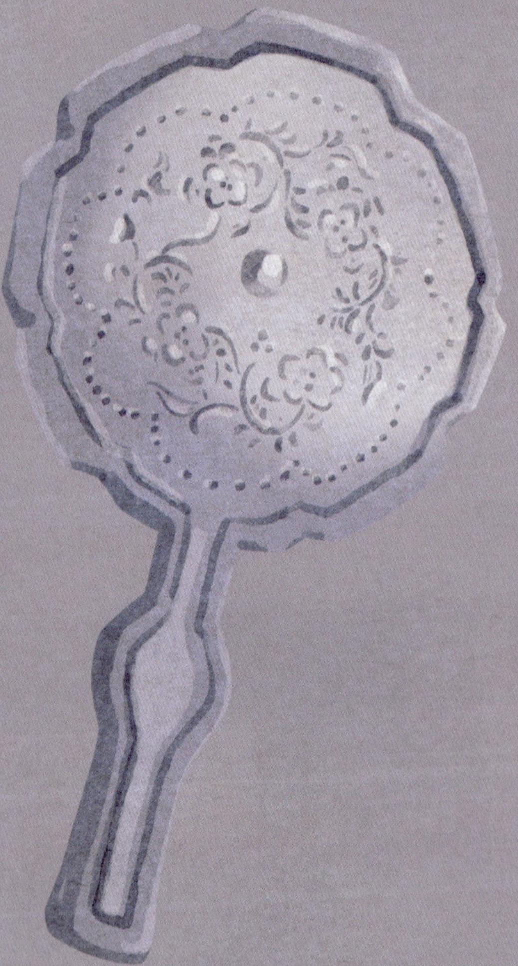

十年生死两茫茫，不思量，自难忘。

千里孤坟，无处话凄凉。

纵使相逢应不识，尘满面，鬓如霜。

夜来幽梦忽还乡，小轩窗，正梳妆。

相顾无言，惟有泪千行。

料得年年肠断处，明月夜，短松冈。

◎ 这是苏轼悼念他的第一位妻子王弗的词，当时她已去世十年。

◎ 乙卯（mǎo）：古代干支纪年的年份名称。词中指北宋熙宁八年（公元1075 年）。

◎ 茫茫：茫然的样子。

◎ 短松冈：指墓地，古时墓地一般都在遍植小松树的山冈上。

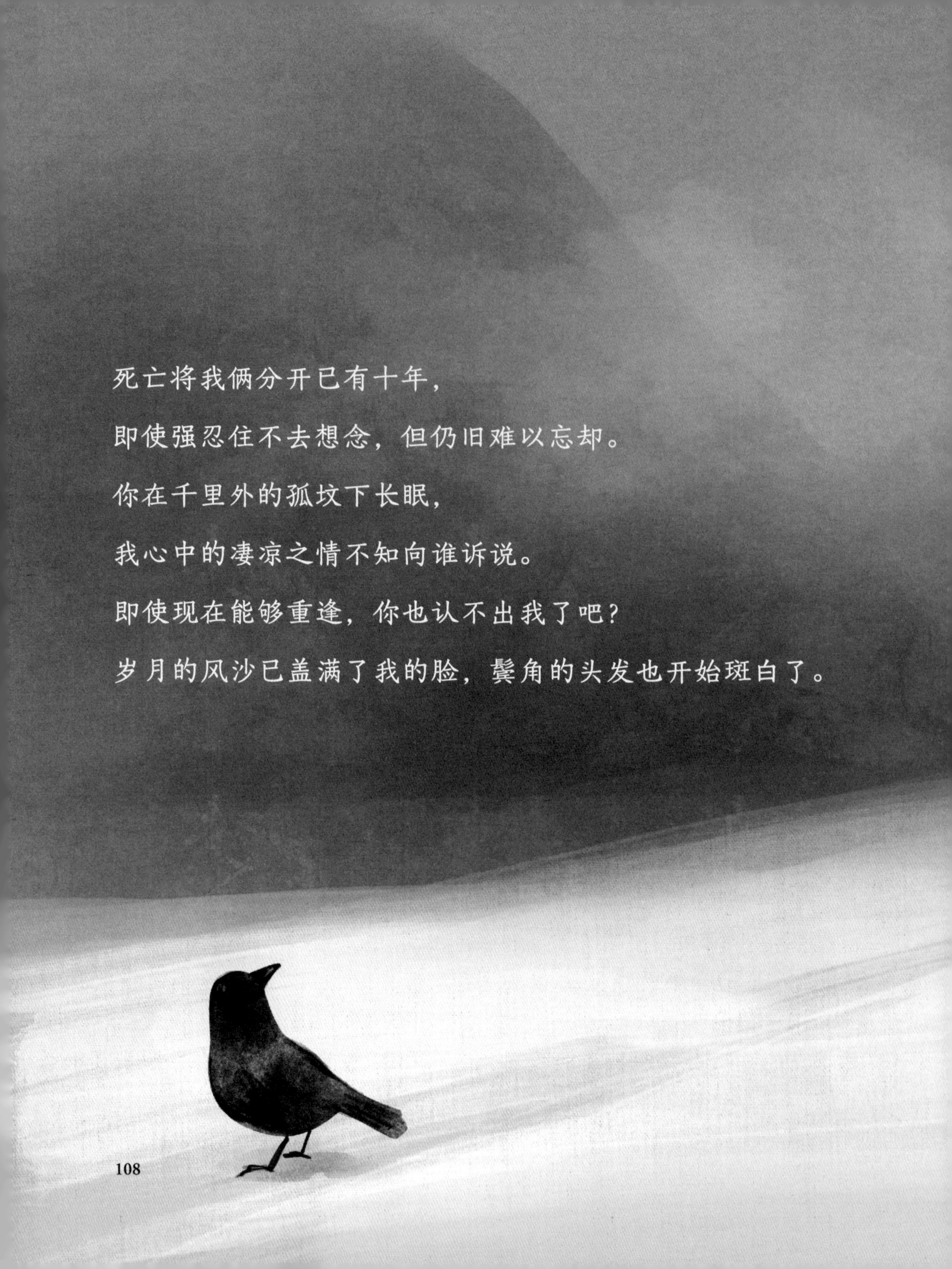

死亡将我俩分开已有十年，

即使强忍住不去想念，但仍旧难以忘却。

你在千里外的孤坟下长眠，

我心中的凄凉之情不知向谁诉说。

即使现在能够重逢，你也认不出我了吧？

岁月的风沙已盖满了我的脸，鬓角的头发也开始斑白了。

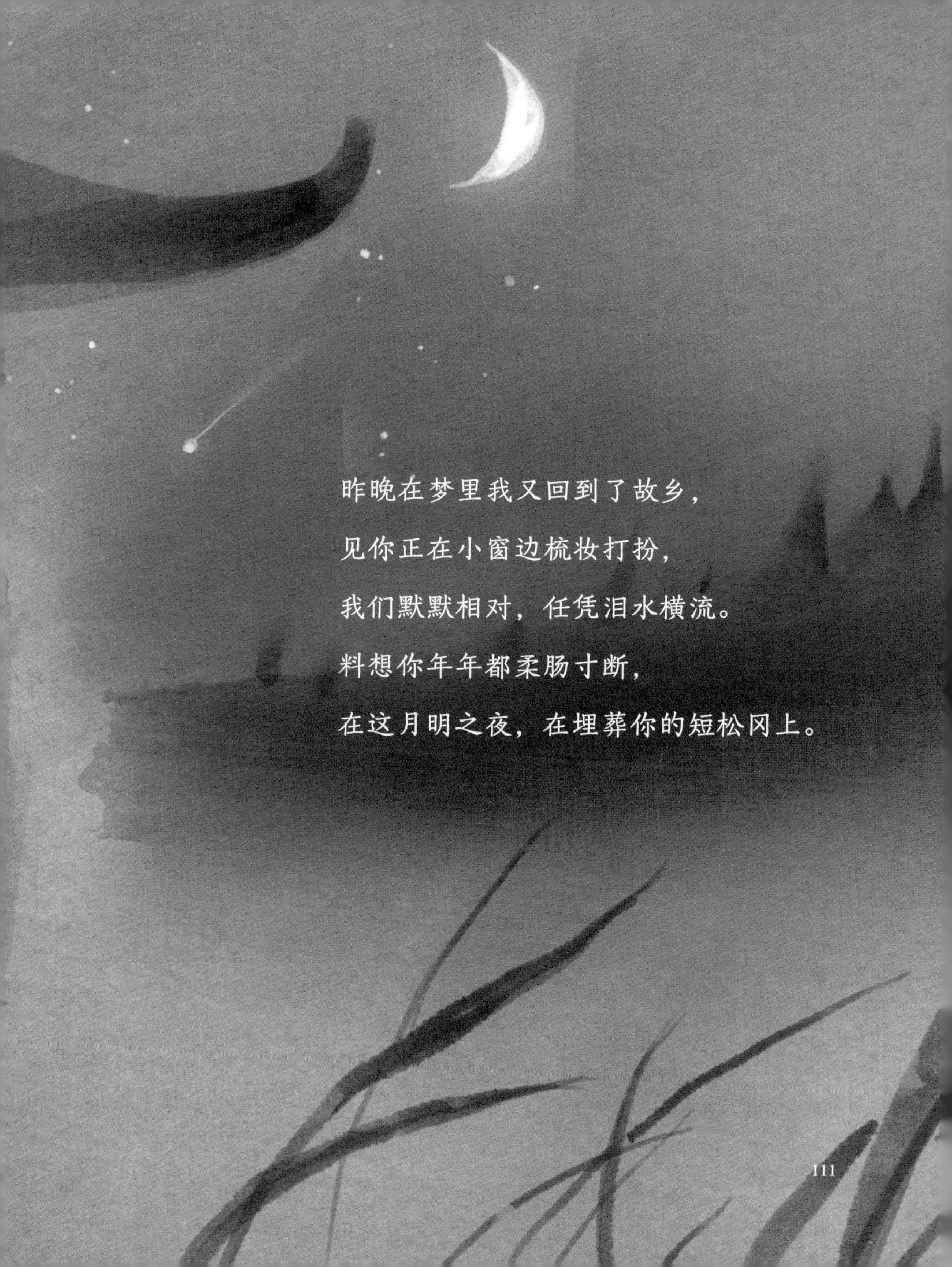

昨晚在梦里我又回到了故乡，
见你正在小窗边梳妆打扮，
我们默默相对，任凭泪水横流。
料想你年年都柔肠寸断，
在这月明之夜，在埋葬你的短松冈上。

卜算子

黄州定慧院寓居作

［北宋］苏轼

缺月挂疏桐，漏断人初静。
谁见幽人独往来，缥缈孤鸿影。

惊起却回头，有恨无人省。
拣尽寒枝不肯栖，寂寞沙洲冷。

◎ 漏断：漏壶里的水滴尽了，表示已经深夜了。漏是古时用水计时的器具。
◎ 缥（piāo）缈（miǎo）：隐约看不清的样子。
◎ 省（xǐng）：理解，明白。

缺月升起，挂在稀疏的梧桐树枝上，

夜深之时，人声安静下来。

有谁看见幽居之人独自往来，

缥缈的身影好似一只孤独的鸿雁？

这孤鸿不时被惊起回头，

心中的遗憾无人能懂。

它把所有寒枝选了又选，都不肯栖息，

宁愿归宿在寂寞寒冷的沙洲之上。

菩萨蛮

回文

［北宋］苏轼

落花闲院春衫薄，薄衫春院闲花落。
迟日恨依依，依依恨日迟。

梦回莺舌弄，弄舌莺回梦。
邮便问人羞，羞人问便邮。

◎ 回文：诗歌的一种形式，因句子回环往复均能成诵而得名。
◎ 迟日：过了好几天。

落花时节，

一个身穿轻薄春衫的女子在空落落的院子里独坐，

她坐在院中，看着枝头的花一朵朵凋落。

春日里，愁绪在心中渐渐升起，

郎君归程推迟，这更让人觉得春天的日子太长了。

梦醒后听见黄莺的鸣叫，

这鸟儿叫累了也进入了梦乡。

带信来的人顺便询问一两句，

女子便羞红了脸，

害羞的女子请求来人为她带封信回去。

周邦彦

北宋词人、音乐家

周邦彦是北宋精通音律的词人，不仅作词，还创作了不少新的词调，在审订词调方面做了许多精密的工作，对后世词的创作有很大影响，是“婉约派”的代表词人之一。

苏幕遮

［北宋］周邦彦

燎沉香，消溽暑。鸟雀呼晴，侵晓窥檐语。
叶上初阳干宿雨。水面清圆，一一风荷举。

故乡遥，何日去？家住吴门，久作长安旅。
五月渔郎相忆否？小楫轻舟，梦入芙蓉浦。

◎ 燎（liáo）沉香：烧香。沉香是一种名贵的香料，香气很浓郁。
◎ 溽（rù）暑：潮湿闷热的夏天天气。
◎ 长安：泛指首都，这里指北宋的都城汴京（今河南开封）。
◎ 小楫（jí）：短桨。

烧一点沉香，驱除一下夏天这潮湿闷热的暑气。

鸟儿们呼唤着晴天，破晓时便伸头在屋檐下鸣叫。

刚刚升起的太阳晒干了叶子上昨夜的雨水，

水面上一张张清圆的荷叶在晨风中挺立着。

故乡遥远，什么时候才能回去？

我的家在吴地，却在汴京旅居了这么久。

不知家乡的渔郎还记得我吗？

在这个五月，我梦见自己划着小船，

在开满荷花的小河里穿行。

黄庭坚

北宋词人、书法家

黄庭坚小时候就非常聪明，据说他记忆力超群。他开创了宋代最重要的诗歌流派——“江西诗派”。该流派以唐代杜甫的诗歌为榜样，为后来的诗歌创作带来巨大影响。他是苏轼的门生，是当时著名的“苏门四学士”之一。也因为诗学成就高，他又和苏轼并称为“苏黄”。

黄庭坚还是著名书法家，与蔡襄（xiāng）、苏轼、米芾（fú）合称“宋四家”。

清平乐

[北宋]黄庭坚

春归何处？寂寞无行路。
若有人知春去处，唤取归来同住。

春无踪迹谁知？除非问取黄鹂。
百啭无人能解，因风飞过蔷薇。

◎ 清平乐（yuè）：原为唐教坊曲名，后用作词牌名。
◎ 百啭（zhuàn）：鸣叫声婉转。

春天离开后会到哪儿去呢？

它走时悄无声息，不留一点儿行踪。

如果有人知道春天去了哪里，

记得叫它回来与我们同住。

谁能知道春天的踪迹呢？

除非问问黄鹂鸟。

可就算黄鹂的鸣叫百啭千回，

也没人明白它在说什么，

它借着风势，一下就飞过蔷薇花去了。